五行歌集
こんな女に何故惚れた
北風 徹
市井社

五行歌集

こんな女に何故惚れた

目次

一　父よ　母よ

灯篭静かに回る
父も母も妻も行った
誰でも良い
酒一升
下げて帰って来い

亡き父
晩酌
ぬる燗一合半
後の半合
おれの学費

明日は父の命日
酒でも供えてやるか
俺には
供えてくれるやつもいない
今飲んでおこう

孫が笑っている
百歳の祝いで
母も笑っていた
俺にも
その無垢の笑いをくれ

父、妻
今度は母が死んだ
かなしみより無常
そして
人生ちょっと見え出した

桜の落葉
風が集めている
母の御骨のよう
カラカラ
泣いている

一人おせちに
亡き母を感じる
畑で取れた野菜が中心
美味しさなんて
それが正月

晦日、ほっと一息
ほぐしてくれる
母の声
もうない
今頃目頭熱く

柔らかい母の手
車椅子からぽつり
「また春になってしもたなあー」
「ほんまに長いなあー」
思わずポロリ

認知母に
今日は怒りません
愚痴りません
少し
幸せな気分に

パーマを当てたい
ブラウス買って
ヘチマコロンもう無いで
百歳母上様
益々美人になって下さい

何で南瓜や？
ハロウイン！
へー
ふうーん？
母上様百一歳

百二歳母
調子が悪いらしい
葬式かあ
暑いのに面倒やなあ
「まだ生きてるぜ！」

食事が困難に
好物果物だけ
目ヤニの眼うっすらと
「なかなか死なれへんなあ！」
百三歳母上様根性が違う

母の戸籍を
集める旅
辛酸の幼少期
胸が詰まる
知らずを恥じる

母の初盆
さっき行ったとこなのに
もう帰って来るの
孝行息子に会いたいか
俺はもう結構やで

三回忌
写真が笑っている
皆も笑っている
寂しがった母
「今頃集まってくれてもなあ！」

亡き父二七回忌
「酒は酔うため」「ごたくはいらん」
昨晩おやじ達が
赤ワイン注文
「認知に良いらしいで」

亡き母
「さびしい時は
言葉は要らない」
「黙って
背中をさすってくれ」

恐山と風の盆
亡き母と妻の夢
そっちの盆では
仲良く頼む
俺は呼んでもらわなくていい

年末墓清掃
姉墓参の跡
喧嘩別れで幾久しい
無事を祈る
覆水盆に返らずか

男はやさしい
娘の涙
妻の涙はこたえる
母の涙は
一番辛い

二　いとおしい子供達よ

久しぶりの
娘と旅行
憎まれ口まで
お前にそっくり
寂寥感が先に立つ

娘たちのお母さん
俺の新しい妻
お互い口には出せず
絆と情が絡み合う
何時ほぐれる

新しい母
嫌ではないが
「何か・・・」亡き母との絆
こればかりは
娘に男親は？

花舞鳥歌う
我が家の新芽は
「いつ来るの？」
男親一人
娘に聞けないのが辛い

孫がまた出てきた
皺くちゃで亡き母に似ている
笑いまでそっくり
娘には
言わずにおこう

月に遊び
虫と酔う
やっと熱燗
明日は
孫が来る

帰省自粛
今年は近場のプール
十万円持ったおやじ
独り溜息
枝豆ビールも今一つ

娘夫婦
茶を飲まず
食後にポンと水を出し
薬じゃないぞ
粗茶をくれよ

風通り陽ほっこり
心地よい我が家
我と共に朽ちるか
既婚娘達口を揃えて
「北風家、終了」

孫の動画を見る
大きくなった
送ってやろうじじいのを
いらないかなあ
座っているだけ動画

名前が出にくくなった
老犬・妻・親・子供
まだ問題なし
孫？？？
娘には言えんな

可愛い孫よ
口が遅くて心配？
大丈夫
娘の子だ
あのおばあちゃんのひ孫だ

亡き父植えたしだれ桜
五十年孫と共に成長
お互い容姿衰えた
だが、思いやり優しさが
娘には備わった

ばか程義理堅く
生真面目な息子よ
出世、しなくていい
情に熱い
田舎のあんちゃんで十分

妻よ
思いがあるなら
息子にぶつけよ
彼が傷つき、倒れるなら
男の旅立ちを祝ってやれ

子安地蔵
どれほど
頼まれ感謝されたか
赤子に笑みまでやったか
すり減った顔柔らか

家の宝探し
ゴールド全く無し
あっ「永年勤続金杯」
金メッキ価値無し
メッキも禿げ禿親父

三　愛した妻よ　愛している妻よ

綺麗な産毛
そっと、そーと
頬を撫でてる
亡き妻の好物
枇杷二つ供える

余命一年
なんでお前が
男一人
風呂でしか
泣けないのが辛い

やっと来た
ハイジの里
君は歌っているか
踊っているか
涙でくもるエーデルワイス

次女、ほろ酔い
唐突に
「お母さんは、お父さんを
愛していたよ」
〝決まっとる〟

木の芽和え
甘すぎ、固すぎ
ぴったりなのには
出会わないなあ
此の時期お前を思い出す

胡瓜丸かじり
手酌でしょぼしょぼ
お前の香りが
懐かしい
誰か注いでくれ

欧州自由旅行
亡き妻の夢
パリの秋空を悠々と
赤いリュックで
「パンは好かん」なんて

露天風呂付客室
髪無し妻に大奮発
まず大浴場に
「大きい風呂はいいなあ」
お前なあ！

二日酔いの体に
花びらが降る
スイカの好きな母が逝った
桃の好きな女房もいない
夏、来なくて良い

手をつなぐ若い二人
縦に歩く熟年夫婦
縦でも横でも構わない
共に歩む人
あれば

また一人紅白か
のびた蕎麦
静かすぎる
独り言
言えばせつない

よく結婚を
決意したな
「恥ずかしながら
押し倒してしまった」
還暦過ぎてご苦労様

妻の背に膏薬を貼る
「お前、結構シミあるな」
子供との海水浴でね
何か問題で
「いやいや、ご苦労様」

すねる泣く
我儘
こんな女に
何故惚れた
それが愛よ

入籍した
お前が泣く
泣くな
背中でも流してくれ
「介護になったらね」

二度目の結婚
早や五年
まだまだ薄味
母上様なら
「苦労の味がついてない」

亡き妻十七回忌
今妻十三周年
昼は線香
夜はケーキ
仏も神も拍手喝采

神経すり減らし
生きてきたか？　お前
やっと一緒に
もう残りは少ないが
うれし泣きでも泣くな

尻尾・耳をピンと立て
前行くペット
微笑み見守る妻
幸せって所詮
こんな事か

俺は生姜湯
お前はハーブティー
仕方がないなあ
棺桶も
しょせんは別々

「私は家族は絶対守る」
こいつはアホやと
思っていたが
いい女だ
惚れ直した

母を捨てろ
自由になれ
もう十分やった
妻だけで良い
「息子を大人にしてやれよ」

妻と喧嘩
むしょうにいら立つ
土俵際、おっとっと
まあ、お互い
生き抜いて、なんぼや

少々つまみ食い
「私のをとらないでよ！」
「けっちな事を言うやつやな！」
これでも再婚
まだ十年

明日は総合検診
後、美容院
夏のお洋服も見てきます。
お犬様かよ
俺の散髪代置いて行ってや

新しいペットがお輿入れ
何もかも新品
「前のにおいを嫌がるから」
再婚のお前が言う
みょうに納得

夜桜は寒い
熱燗、酔うからダメ
腰に手をやり恋人気分
恥ずかしいからやめて
じじいは昼間に花見！

離婚は心に傷を作る？
死別は心に像を残す？
そんな事はどうでも良い
惚れて
狂うが一番

奥様
木の芽和えに初挑戦
ちょっとえぐいな、甘いな
こくが今一つ
愛は沈黙なり

先程別れて
ほっとする
会えば会ったで
ほっとする
愛は時々が良い

近ごろ
君を美しいと思う
私一人のものだ
俺の心が
無垢になった

豆腐納豆ブロッコリ
最近いやに多いなあ
牛さん豚さん何処に行った
「お前健康診断で
何かあったな」

俺の誕生日
黙って
酒を注げ
ずっと
横に居れよ

四　青春は苦しい

子供達よ
世に貴賤は存在し
貧困は口を開けている
爪を研ぎ怒りをためておけ
反撃のチャンスは必ずある

暗闇で一人
日々悶々
焦燥感、心うろうろ
あせるな、それが青春
鈍感な大人になるな

簡単に好きと言うなよ
苦しい、辛い、やるせない
でも言えない
そっと見ていることしか
そんな青春おかしいか

若人よ、怒れ
何でもいいから怒れ
「よくできた青年だ・・・」
気味悪いぞ
怒りは神経を研ぎ澄ます

物わかりの良い
大人なんて
あやしいぞ
静かにじっと待て
若人よ、そのうち見えてくる

もう愛は面倒
いまさら恋は恥ずかしい
一度やってみ
ぽーっとあたたかく
ふわふわ

毒婦であれば
なお燃える
惚れて、惚れれば
地獄まで
一緒に行ってやる

介護目前の二人
恋に落ちた
良いなあ！
もう死ぬまで離れず
若人よ「まけへんでー」

穏やかで仲良く、
女子供に任せておけ。
孤独と孤立、
寂しさと怒りは、
男を育てる。

アニメは嫌い
漫画は金持ちの子の物
柿をかじりうろうろ
貧乏だった
だから心が曲がったか

唐招提寺
肩に金木犀、はらり
越後からの君に
うれしく、せつなく
青い恋はするりと逃げた

君のくれた曼珠沙華首飾り
てれくさく、そっと捨て
舐めた手の苦さ
あれから
恋は何処かに行ってしまった

窓辺で睦まじい二人
「青春やな！」
還暦妻が笑う
「お前にあったか？」
「俺にはいっぱいあった」

部活なし
恋もなし
友人も出来ず
「苦しい　悲しい　死にたい」
君よ十分青春中

素人でも風俗でも
惚れれば地獄まで
青年よ
一度ぐらいの地獄で
ががた言うな

惚れて惚れて
惚れぬけ
何も求めず
何も与えず
お前の為なら何でもする

男は愛さない
男は惚れる
殺したいほど惚れる
黙って
死ぬ

いじめ
逃げろ
とにかく逃げろ
大人になったら
やっつけてやれ

兄弟姉妹
年と共に煩わしく
ＤＮＡより
大切に
したい人がいる

男は愛が無くても
女を抱ける
女は金の為にも
抱かれる
青春理解したくなかった。

「男らしい」「いさぎ良い」
元気な言葉は
何かおかしい
あかんたれで結構
女々しい男で結構

惚れたんや
つきおうてくれや
いやや
なんでや
おおさかべんはだいきらい

金が欲しい
元気が欲しい
恥ずかしく
声を小さく
愛が欲しい

曼珠沙華
じっと見る
紅い花に絡め捕られそう
あいつの微笑
毒婦でも忘れられない

昼飯時
首に社員証はエリートの証
技術盗難防止策
工員の俺はタオル一本
盗めるものなら盗んでみろ！

信じる友がいない
それがどうした
孤独を嘆き
涙を流せ
若い涙は直ぐ乾く

お若いの
結婚をお望みか
ほれてほれて惚れぬいて
いやっと言うほど愛しぬき
何も残さず、それも愛

「告白はラインやメールで」
馬鹿言うな
ほとばしる感情
心ゆさぶる表情
女は目を見て口説け

息子よ働け
貧乏は長くすると
友が離れる
金持ちにはなるな
友が出来なくなる

友が出来ない息子よ
悲しみには共に泣き
喧嘩は友の為にする
言葉はいらない
親より大切に

妖艶曼珠沙華
赤い唇
思い出す
夕陽の三畳間
震えた初体験

離れていれば
狂おしい
近くにいれば
いとおしい
愛はせつない

高校球児宣誓
青春・友情・感謝
かっこいいなあ
ひねくれ者は
何処にいった

目を見て口説く
悲しそうな顔
泣きそうな唇
高ぶる心
君よ何処にもいくな

寡黙とつとつ、今はやらず
好青年
涼し気に理論的
かっこ良い、良すぎる
「何か面白くないなあ」

五　何とかならぬか

友に

妻への余命宣告あり
共に緩和ケアホームへ
人こんなに優しくなれるのか
あっぱれ人生

ペットの下の世話
よろこんで！
父親の介護
イヤダー
奥様「それは無いやろ」

背中の曲がった老婆
新幹線一人旅
たいしたものだ！
横に置かれたシルバーカー
邪魔やなあ！

廃棄に出された車椅子
悲しみ？
安堵？
家族が一人
減った

あれも駄目
これも駄目
音のしない公園
座っているのは
老人と犬

父の相続で
混乱させた姉
今は黙って車椅子
かわいそうより
恐怖が先に立つ

建国の日雪
こんなちっぽけな旗が
青年達を追い詰め
死に至らしめた
やりきれない

何をそんなに急ぐ
「せめてあの世で極楽を」
あの世は闇
極楽？　そんなもの
坊主の御題目

巨大仏閣
圧倒される
しょせん張りぼて
心を支えるのは
小さな言葉で十分

二世帯住宅
玄関前花が枯れたまま
高齢化？
親子の溝？
何か悲しい

一人おせち
一人屠蘇
何もめでたくない
こんな事
死ぬまでやるのかよ！

可愛い声だ
ちょっと鼻にかかって
東京弁ではだめだ
笑顔で
京都弁をしゃべらせたい

子供が騒いでいる
先生知らん顔
怒鳴りつけたろか
今
すべてが甘くないか？

帰省新幹線
子供が泣く
顔をしかめる奴
あなたの所作に
顔をしかめたい

戒名代を納める？
いや、有難くいただく。
この歳で
名前が変わったら
迷うだろうに

驚いた
住所も電話も記載なし
これが会員名簿
人とは繋がりたがるくせに
糸電話でも使っていろ

病床より
秋雨を見る
悲しい
こんな淋しさにも
堪えてる人がいたのだ

女男になりたい
男女になりたい
好きなように
人間
好きな様にするが一番

赤子に
寝ずに乳を与えた母
その命尽きるとき
寝ずに介護してもらえぬ
なぜだ

えらい美人やな！
セクハラですよ
ブスやな！
侮辱罪ですよ
明日からもう話かけないで

秋祭り
女性の山車登場
興奮クライマックス
白い鉢巻きりり
女神様降臨

権力者権力振りかざす
金持ち金力振りかざす
年金者
健康力振りかざす
かなしいむなしい

可愛いお嬢さん
箸がまともではない
「しぐさが可愛い」って
肉じゃがつかめてないよ
アレー突き刺してしまった

うすら酔い
体に花弁が降る
好事無く
待ち人無く
家路なんぞ急がなくて良い

断捨離は
整理整頓！
アベックは、カップル！
国鉄、ＪＲ！
知らん俺はもう寝る！

もう起き上がれない
独居老人
朽ち果てる
コロナに負け
国にも見捨てられた

日本人始まりは神
終わりは仏
所詮他力本願
過信すると
泣きをみる

古家一人住まい
独居老人住宅街
特殊詐欺危険地区認定
市役所配布お札を貼る
「この家年金生活者」

酒をくらう
徐々に大声に
他人の大声には
腹が立つ
「お前ら飲みすぎやぞ」

体力気力
人一倍
肉欲愛欲
人二倍
人には言えんな

お盆や法事
年々おっくう
お布施も少なく
上書きだけは
だんだん大きく

欲は希望を生む
身に余ると
下品になる
満たされると
傲慢になる

墓じまいだの
相続だの
最近うるさくないか
残ったやつが考えろ
後よろしく、　さようなら

六　じじい万歳

じじいの恋は狂気で
がきの恋は純愛か
愛して
狂って
野垂れ死でも本望

熟年の恋に
ごたくはいらない
何も与えず
何も欲せず
〝一緒にいたい〟

秋桜一面
おやじ二人
渋顔の上に笑顔
手でも
繋ぐ勢い

歳と共に
写真が嫌い
よこしまな心が写るか
いや
皺が目立つ

飛び込んですみません
謝るな
三十八年だ
どうどうとしていろ
日本一　どんなもんじゃ

皺くちゃ笑顔
車に乗り込む老人
大晦日の介護施設
早く早く帰りたい
なぜか目頭うるむ

朝の散歩で知り合った
こんな気持ち何拾年ぶり
「いいんじゃない！」
一緒に暮したいと思っている
「大人の愛さ」

レジの君
美しすぎる
優しい声
可愛すぎる
まだ悩ますかこの老人を

食欲の秋
旨いものが多いらしい
銀杏入り土瓶蒸し
当方
秋刀魚すらままならん

隣組に葬儀発生
老人組、清掃・備品準備
わいわいがやがや
人の死は
生き生きをうむ

カンボジア大平原
地雷が有ろうとも
灼熱の大地でも
母はただただ
鶏を追い子を叱る

秋は
こんなに美しかったのか
風吹く畔に曼珠沙華
たわわの柿
一人夕暮れ

家庭に
美食美人あり　でも
男は外食もしたくなる
「わくわく」「どきどき」
甘風がささやく

がんばって下さい
がんばっている貴方へ！
そんなに励まさんといて
俺　がんばられへん
ゆっくりやらして

一つ覚えれば一つ忘れ
二つ覚えれば二つ忘れ
三つ覚えれば数えるのを忘れる
イッヒッヒ
楽しきかな高齢者

帽子も換えた、靴も換えた
シャツもズボンから出した
よし！　よし！
駄目だ
長年の皺が隠せない

ここは室生寺
石楠花の奥
たたずむ仏達
静寂と微笑
ああ、これが浄土か

神

心貧しきは悪と説く
俺は悪人
まず外面に目を奪われ
美人は善人と説く！

30でも50でもおばさんよ
ピチピチはハタチ代
「おっさん！　あんたは？」
72です
すみません、反省します

年とともに
覚えられない
忘れられない
生きるのは
悩ましい

縦じまカラー
首にメガホン親子づれ
甲子園応援たのむぜ
東京だけには
負けとうないん

何歳？　十五歳よ
もうおじいさんよ
昨夜洗ってあげたの
「お犬様かよ！」
おやじの背中も洗ってくれ

いつ寝ても良い
何食べても良い
勉強しなくていい
老人最高
しかし愛を忘れてしまった

黄色がやっと来た
ふきのとうは天ぷら
菜の花はおしたし
独りで食べる春は
苦い

コーヒー飲み窓越しに
美人の通るを見る
心が乱れる
今日は振幅が大きいな
体調良好　出発進行

柿の残るが多くなった
悔しいがもう登れない
「高い枝切ってしまえ！」
老人一人
誰が切る

まじ？　やばい！　すごい！
なんじゃその言葉使いは
あの　その　あれ
我々も
ガキには言えないか

大和野菜が美味しい
京野菜の方が！
「うるさい！」
浪花でも河内でも
安い方が旨い

ちょっと気取って
一人旅
言葉が恋しい
熟年男　孤独を癒す
すべ知らず

女の話をすれば
色欲ぼけ
金の事を言えば
強欲者
じじいはこんな事では負けない

エビかにぶり少々
一人おせちに
鯛はなし
鰯が重箱の角で
手招きする

霞む
大和三山、二上山
おだやか大和の国
発展なんぞしなくて良い
このまま眠ってろ

はじめての手袋
母に付けてもらえばまた外す
幼き子
両手広げ車内キョロキョロ
柔らかい風が吹く

手水に
山茶花
梅近し
熱い生姜湯一人
ガラスのしわ顔しみじみ

何か温かい
春風か？
恋だよ、恋！
うれしくなってきた
明日からが楽しみ

極暑のアナウンサー
「エアコン活用してくださーい！」
じじいは室内で
厚着
電気代はお前が払えよ

女将熱燗でくれ
ハーイ
チーン
お待たせ
今時文句は言えんな

情のある
良い女だ
これはガキには判らん
体が
じんわり暖かくなってきた

いい女だ
心が浮き上がる
意思とは別に
みだらに
思いが回転する

わくわくドキドキ
女体へのあこがれ
青い性「俺は異常か？」
まったく問題ない
いずれ無感動なじじいになる

マスク越しでも
美人がわかる
美しい人はいいなあ！
心優しい人に違いない
ここにも馬鹿なじじい

猫不法侵入頻繁
「好きな所に行くよ」
「好きな事するよ」
高齢俺様との
境目が無くなってきたな

ペットの散髪代
俺の三倍
その存在感
主人以上
子供以下

大型台風上陸
「今日は
自宅でテレワークや」
奥さん馬鹿笑い
「言ってみたかっただけじゃ！」

介護施設での恋
ご法度らしい
介護されてたって
好きは好き
人間だもん

歯と耳が痛む
痛み止め見当たらず
酒で紛らす
胃が痛くなってきた
孤独死か！　怖い

頑張ってお前を
看取ってやらんとなあ
ひと回り妻
じじいに言われたくないわ
目があざ笑っている

じじいのデート
で、で、どこに行く
冬・大阪
てっちりか?
フレンチに決まっとるがな

惚れたんや
好きやねん
愛してんねん
大阪弁
愛には向かんな

ひさしぶりに
仲間と歩く
足が・腰が痛い
体の悲鳴より
心の開放が楽しい

戻ってきたぜ
小汚い居酒屋
価格改定
注文はタブレット
じじいども角で小さく

老人ペットはもう飼えない
そうだ
皆様のペットになろう
従順で何も語らず・・
出来る訳ないよな

齢を重ねても
男は発情する
顔をしかめるなよ
温かい目でみてやって
愛がほしいのよ

晴天絶好の旅立日
チャオプラヤー川
あの熱風と喧騒の中
身がたぎる
今宵はトムヤムクンで喉を焼く

大人はなかなか
本音を言わない
大丈夫
じじいになれば
本音しか言えない

身勝手じじいの
海外旅行
餞別、メールも無し
なら土産は無し
欲しがる人も無し

じじいには
孫の写真が喜ぶ
誰が決めた
週刊ポスト袋とじ
密かに静かに破る

女子高生
車内で化粧
一心不乱
急に見つめられ
じじいどぎまぎ

古家またまた修理
体はつぎはぎ
生き方もその場しのぎ
それでいい
それが俺だ

浮気であろうが
本気であろうが
熟年の恋は
地獄の閻魔が
手招きする

官能は
不健全なりや
強欲は
下品なりや
我これからどう生きる

欲望と体力
アンバランス
こまったことだ
何とかならんか
そのうちどちらも衰える

悲しみの友よ
君に寄りそう
五行歌を作るなんて
傲慢の極みだった
共に泣くしかない

山の中
ぽつんと一軒家
大都会でも
ぽつんと一人
独りは見世物ではない

とうとう後期高齢者
〝もうあほなことしたらあかん〟
俺の人生
あほな事の積み重ね
ここでやめられるかい！

真剣な少女
おみくじ
知りたい事がある？
いいなあ
当方忘れたい事ばかり

無駄な外出無くなった
無駄な買い物無くなった
無駄の排除は
無駄をあぶりだし
俺が無駄だと分ってしまった

自由に生きる
嫌な事はしない
腹立つ奴とは
付き合わない
簡単な事のはずだが

老母と老犬
両老連れ奥様
頭が下がる
老いは誰にも
不公平に来る

施設玄関車椅子集合
皆朝日に手をかざし
にこにこ
老人の虫干し
笑顔が嬉しい

若人の別れは
いつかまた会える
じじいの別れは
無慈悲なり
次は地獄で会おう

久しぶり
「元気か」
「まあぼちぼちや」
ガキ友
二十年を五秒でめぐる

生きずらい世の中
立つ腹も横にし
ねっとりまったり
好きなように
生き抜いてやる

マスクなし
こんなに美人がうようよ
嬉しくなってきた
今日の晩酌
焼酎にワインを追加

風に吹かれて
ふらっと遠くに逃避行
男のロマン
情けないかな
やはり図書館一人

大根・シイタケ
乾燥は良い味が出る
手が
干からびてきた
舐めたらじじいの味がした

じいさんが
ばあさんを愛した
ばあさん喜ぶ
お互い顔がほころぶ
黙して語らず

言わなきゃ解からない
言っても解からん奴
もう話したくない
そう言えば
最近誰も話しかけないなあ

枝垂桜似合う二十歳
菖蒲似合う四十路
「ちょっと、私たちは？」
同窓熟女達
梅！「言えねえ言えねえ」

跋

草壁焰太

男丸出しの歌である。読んでウキウキする。私の代わりに書いてくれたのかと思うくらい。同時に羨ましい。最初の奥さんが亡くなり、若い二番目の奥さんを！

羨ましくて、ヨダレが出る。

亡き妻十七回忌
今妻十三周年
昼は線香
夜はケーキ
仏も神も拍手喝采

作者自身も嬉しさの絶頂にあり、それを隠さない。私を羨ましがらせるために書いたのではなかろうが、うわあ、俺ってついてるなーと叫びたい気持ちであろう。

男の気持ちをまったく隠さない。

これもうれしく、羨ましい。

すねる泣く
我儘
こんな女に
何故惚れた
それが愛よ

惚れた女のいろいろな手口に翻弄される。それでも愛さざるを得ない。それをいいと思わせるのも、いい女なのであろう。たまらないねー。
一方、男の心の優しさを書いた歌もいい。

男はやさしい
娘の涙
妻の涙はこたえる
母の涙は
一番辛い

桜の落葉
風が集めている
母の御骨のよう
カラカラ
泣いている

男の欲を隠さないが、欲についての哲学の歌もある。

欲は希望を生む
身に余ると
下品になる
満たされると
傲慢になる

下品、傲慢にならぬよう、男たちは気をつけよう。教訓ももらって、男にはいい歌集だった。女には、どうなのか、こんなに愛されて、気分はきっといいだろう。見えないように、にっこり笑うのだろうか。

あとがき

五行歌集を出せる。やっとここまで来たか、っと感慨深いものがあります。

定年退職後入学した奈良シニア大学（奈良フェニックス大学）のクラブ活動において五行歌に出会いました。〝女性のクラブ員が多いぞ〟との理由で入会したもののさっぱり五行歌らしきものが出来ず、城雅代クラブ長の上手さに舌を巻くとともに、草壁焰太先生の『心の果て』『川の音がかすかにする』に出会い衝撃を受けたのを覚えています。

以来歌会、月刊誌投稿を重ねようやくそれなりの形になってきたのかなあ、との思いです。

この歌集は人生後半になり妻との別離、再婚、父や母との別れ、娘たちへの思い、現代社会の考察、を綴ったものであり、小生の心が少しでも伝われば嬉しく思います。

今回出版するにあたりひとかたならないご指導を賜った草壁焰太主宰・三好叙子副主宰に感謝しお礼申し上げます。また未熟な原稿や写真等々から出版に至る各種対応をいただいた事務所の皆様にお礼申し上げます。
城様の「楽しい五行歌」浮游様の「京みやび」の歌会参加への感謝とお礼、歌会の皆様にもお礼申し上げます。

俺にはおやじが二人いる
男を教えてくれた父
歌を教えてくれた父
やっと足元
人生これから

令和六年　九月

北風　徹

著者プロフィール
北風　徹（きたかぜ とおる）
昭和22年8月1日生まれ
大阪府東大阪市在住
五行歌の会同人
日本大学工学部土木工学科卒業
大阪工業大学大学院修士課程
（土木）卒業

五行歌集　こんな女に何故惚れた

2024年11月30日　初版第1刷発行

著　者　　北風　徹
発行人　　三好清明
発行所　　株式会社 市井社《しせいしゃ》
〒162-0843
東京都新宿区市谷田町3-19 川辺ビル1F
電話　03-3267-7601
https://5gyohka.com/shiseisha/

印刷所　　創栄図書印刷 株式会社
装　丁　　しづく
写　真　　著者

ISBN978-4-88208-217-0